ÉMILIEN

OU

LA FOI RÉVÉLÉE

PETIT POÉME CHRÉTIEN.

Vendu au profit du denier de Saint-Pierre.

Prix : 1 franc.

PARIS

CHEZ DIARD, LIBRAIRE,

RUE DU BAC, 41.

—

1863

ÉMILIEN

ou

LA FOI RÉVÉLÉE

PARIS. — TYPOGRAPHIE DE HENRI PLON
IMPRIMEUR DE L'EMPEREUR,
8, RUE GARANCIÈRE.

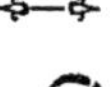

ÉMILIEN

OU

LA FOI RÉVÉLÉE

PETIT POËME CHRÉTIEN.

Vendu au profit du denier de Saint-Pierre.

PARIS

CHEZ DIARD, LIBRAIRE,
RUE DU BAC, 41.
1863

Un de ces jours bénis chers au christianisme, où
l'âme chante intérieurement les paroles du roi pro-
phète, je fis quelques vers et fixai le plan d'un petit
poëme ; le cher compagnon de mon existence en
fut ému et sourit à mon essai, modifiant heureu-
sement par ses conseils éclairés ce qu'il offrait de
trop défectueux. Je le communiquai à une ces
amies rares, dont l'affection pleine d'estime s'était
formée avec la mienne au pied de l'autel de Marie;
à son tour mon projet lui plut : « Vous vous êtes
rencontrée, me dit-elle, dans la même pensée que
l'illustre auteur de *Fabiola* (je ne connaissais pas
encore cette œuvre sublime); ne vous effrayez pas,
ajouta-t-elle, de cette ressemblance relative et ne
discontinuez pas d'écrire; une goutte de rosée peut
réfléchir une étoile, et toute bonne pensée, vous le
savez, vient d'en haut. »

Je profitai des loisirs de la campagne augmentés
par des heures d'insomnie, et je les charmai par ce
travail selon mon cœur.

Cependant l'ouragan qui bouleversa l'Europe était
soulevé, la divine religion de nos pères était me-

nacée de nouveau dans l'auguste personne du pontife roi, et les flots de la tempête menaçaient l'antique barque de Pierre !...

Alors tout catholique sentit palpiter son cœur et offrit ce tribut de l'amour (plus glorieux que celui de César) en renouvelant l'offrande du denier de Saint-Pierre. Mais quelle généreuse persévérance devra désormais combler les abîmes entr'ouverts !

N'est-ce pas une lutte incessante ? Mais aussi quelle joie, pendant cette douloureuse épreuve, pour le disciple fidèle et courageux, d'apporter le fruit de ses privations et de ses travaux comme arrhes de son inébranlable foi !

J'osai donc former le projet de consacrer au denier de Saint-Pierre l'humble travail de ma pensée, afin qu'il soit en quelque sorte comme le vase de parfum répandu par la femme de l'Évangile sur les pieds du Sauveur ; mais cette huile précieuse dont il doit être rempli, c'est la charité des fidèles qui peut seule l'y verser en accueillant ce faible ouvrage, en y mettant un prix, afin que tous, enfants tendres et dévoués, nous témoignions de notre inaltérable amour envers le saint et généreux vicaire de Jésus-Christ.

ANNE-MARIE.

ÉMILIEN

ou

LA FOI RÉVÉLÉE.

LE CRI DE LA CONSCIENCE.

… Vêtement de Nessus, quel importun remord
M'enveloppe et m'oppresse?… Hélas! depuis sa mort
M'apparaît de Lydias la figure plaintive!…
J'entends encor ses cris durant la nuit obscure;
Son père à mes genoux s'est traîné tout en pleurs,
Puis il lima ses fers, évitant mes fureurs…
Vains et lâches regrets, ce n'était qu'un esclave!
La clémence des dieux porte-t-elle une entrave
A leur bouillant courroux? Quel sage en ses desseins
A relevé l'ilote et rompu ses liens?
L'esclave est une chose, une part du domaine:
Témoin l'altier stylet de nos dames romaines [1],
Le triste *Ave, Cæsar* [2], les viviers de Pollion,

---

[1] Les dames romaines se servaient du stylet pour châtier leurs esclaves.

[2] Les esclaves condamnés à combattre dans l'arène disaient à César : « Ceux qui vont mourir te saluent. »
Toutes ces horreurs sont à la lettre.

Les noyades du Tibre et la dent du lion...

.   .   .   .

Cependant du remords la blessure est cruelle ;
O Caton, tu dis vrai, notre âme est immortelle !

.   .   .   .

Sans elle d'où naîtrait ce reproche vengeur ?...
Tel gémit Fulvius sur un lit de douleur ;
Et dans la nuit des sens, pâlissant météore,
Sa conscience parle et l'illumine encore...

.   .   .   .

Il avait éloigné ses serviteurs nombreux...
Du fils de Sémélé on célébrait les jeux ;
Le soir tendait au loin ses transparentes voiles,
Dans les flots apaisés se miraient les étoiles ;
L'oiseau dormait au nid, et la fleur se fermait,
Et des monts descendait une brise embaumée,
Des mystiques foyers s'éteignait la fumée...
L'écho de mille cris, tout à coup étonné,
Redit dans le lointain le bruyant Evohé !...

.   .   .   .

Mais tandis que la foule en proie à la licence
Exaltait ses faux dieux, cheminaient en silence
Des hommes de tout rang, de tout âge ; il semblait
Qu'en un gouffre profond leur masse s'assemblait,
Disparaissant soudain au fond des catacombes...
Là, des premiers martyrs ils vénéraient les tombes,
Et du culte inconnu les divines splendeurs
Éclairaient leurs esprits, élargissaient leurs cœurs...

Cependant s'amassaient de sinistres nuages
(Comme le cœur humain, le ciel a ses orages) :
L'éclair fendait la nue ; à ses fauves clartés
Les servants des faux dieux fuyaient épouvantés,
Et les vents balayaient des tourbillons de poudre...
Tout à coup l'incendie allumé par la foudre
Du patricien tremblant envahit le palais...
Il est seul et brisé ; comment fuir désormais ?
L'hydre de feu se tord, superbe et menaçante ;
Mais un esclave accourt : ô nouvelle épouvante !
De Lydias c'est le père, il vient venger son fils,
Et dans ses yeux sanglants ses projets sont inscrits !

. . . .

Cette âme d'homme, ô Christ, qu'hallucine la haine,
Instruite dans ta foi, naguère était chrétienne.
N'est-ce pas te trahir que se venger, Seigneur ?...
Il étreint dans ses bras l'orgueilleux sénateur,
L'insulte, le maudit ; terrible en sa démence,
Son fer va l'immoler !... Symbole de clémence,
Apparaît un apôtre, simple et noble vieillard...
Et Sextus interdit s'arrête à son regard :
« Pour te sauver du crime et t'arracher ta proie,
» C'est, dit-il, ô chrétien ! le Seigneur qui m'envoie.
» Souviens-toi du Sauveur, et pardonne en retour :
» Il versa tout son sang, pour toi, pour ton amour ;
» Mon frère, à la pitié, c'est lui qui te rappelle ;
» Il te rendra ton fils en sa gloire immortelle,
» Ou bien, juge irrité, par delà le tombeau

» Il t'atteindra, Sextus... Fais grâce à son bourreau ;
» Rends le bien pour le mal, ô pauvre âme exilée ! »

. . . .

Penché sur Fulvius, de sa main mutilée
Le diacre le soulève, et Sextus en pleurant,
Vaincu dans sa fureur, l'imite en frémissant...
Loin du palais fatal tous les deux ils l'entraînent,
Aux cryptes des martyrs péniblement l'amènent ;
Abritant le païen à l'ombre d'un autel,
Et versant sur ses maux un dictame immortel,
Du passé le pardon. De la foi tutélaire
Il entend au saint lieu cette voix solidaire
Des chrétiens assemblés pour louer le Seigneur,
Et de ce culte auguste admire la grandeur.

. . . .

A la santé rendu par les soins des fidèles,
Fulvius, pénétré des croyances nouvelles,
De retour au palais de ses nobles aïeux,
Affranchit ses esclaves, et vit au milieu d'eux
Comme un père indulgent. Dans la païenne Rome,
Plus sage qu'Épictète [1], osant se montrer homme,
Il compatit aux maux ; déjà, germe divin,
La tendre charité fermente dans son sein.
Il fut parmi les grands ta conquête nouvelle,
Religion du Christ, ô lumière éternelle !
O toi de l'opprimé le recours et la sœur,

[1] Épictète, philosophe stoïcien, disait : O douleur ! tu n'es
qu'un mot.

Qui des maîtres du monde enchaînes la fureur,
Toi, des cœurs innocents la compagne chérie,
Et des nobles pensers et la séve et la vie!...

. . . .

Cependant de Sextus le pardon généreux,
Comme un encens béni, s'élève vers les cieux;
Le Seigneur prend pitié des douleurs paternelles,
Et Lydias voit s'ouvrir les portes éternelles!...
Mais l'Épouse de Dieu, militante ici-bas,
Doit s'apprêter encore à de nouveaux combats;
L'ange des saints désirs prépare sa couronne,
De secrètes terreurs le vieux monde frissonne!...
Ainsi qu'un fier coursier par le frein retenu,
Il voudrait fuir la loi de ce maître inconnu...
Telle au soir quelquefois, tandis que la tempête
Vient du chêne orgueilleux courber la sombre tête,
Muette en sa frayeur, la plaine au loin se tait;
Et cependant des cieux doux et nouveau bienfait,
La nue ouvre son sein, la nature ravie
Dans son onde épanchée a retrouvé la vie,
L'hysope se relève et le cèdre est sauvé!

ÉMILIEN

OU LA BONNE NOUVELLE.

De l'antique Armorique en ce temps arrivé,
Un descendant d'Émile au généreux courage,

Amant du beau, du vrai, les voudrait sans partage,
Et plus que les grandeurs estime la vertu :
Comme le chercheur d'or n'est jamais abattu
Par les périls sans fin, ainsi brille son zèle...
Cœur sincère et constant, et que le Christ appelle,
Dès sa jeunesse, uni d'une tendre amitié
Au doux et sage Eusèbe, et souvent de moitié
Dans les graves pensers de son âme sereine,
Il rougit des excès de la Rome païenne,
Rêve une foi sublime, et la cherche en Platon,
En Socrate, en Sénèque, en la mort de Caton;
Admire leur vertu, mais la trouve stérile :
Nul ne put de sa gloire influencer sa ville [1].
Platon surtout l'attire, et, Voyant inconnu,
Lui montre obscurément le juste méconnu [2],
Esquisse en traits obscurs la divine souffrance,
Et donne à sa grande âme une grande espérance,
D'un avenir caché vague pressentiment...
Comme ces passereaux qu'un doux instinct ramène
Tous les ans aux doux nids cachés dans le vieux chêne,
De l'absence leurs cœurs ont bien longtemps gémi!...
Le tribun quelque temps attendit son ami...
Puis, d'un élan rapide, il court à sa demeure,
Mais son Eusèbe est loin!... Parti depuis une heure,

[1] Voltaire dit de ces grands philosophes : « Nul ne put influencer sa rue. »

[2] Platon, dans le tableau qu'il trace du juste méconnu, esquisse par une espèce d'intuition providentielle la divine figure du Christ.

De sa main un message attend Émilien.
Quand il est de retour... Quel importun lien
Te retient loin de lui, frère de sa pensée ?
Il ouvre le billet d'un main empressée...
Il lit :... Un grand devoir m'appelle loin de toi,
Mon cher Émilien; le Seigneur veut de moi
Ce sacrifice utile à sa cause divine...
Ami, je suis chrétien. Peut-être tu devines
Qu'attiré dès longtemps par la sainte clarté,
Mon cœur a combattu, mon esprit a lutté :
Je crois! je crois un Dieu, dans sa toute-puissance,
Trinité glorieuse, unique en son essence :
Tels sont trois purs rayons d'un astre radieux !
Mystère de l'amour, accessible à nos vœux,
Sous des voiles obscurs Dieu se donne à la terre.
Ami, tu le sais bien, l'homme même est mystère;
Connaît-il l'univers, explique-t-il son cœur ?
Oui, j'adore le Père et le Fils rédempteur,
Et l'Esprit procédant des deux !... Dans ta mémoire,
Frère, du peuple juif as-tu gardé l'histoire ?
Vers lui marche Alexandre, et l'univers se tait;
Pour lui du livre saint divulguant le secret,
Le grand prêtre entr'ouvrit les pages des prophètes :
Il y vit annoncé sa gloire, ses conquêtes,
Et devant Israël son cœur fut apaisé;
Il lui tendit la main... Ce que n'eût point osé
Une innombrable armée, un livre a pu le faire !
Mais cet oracle saint n'était point solitaire

En ce livre fameux, et l'horizon humain
S'éclairait aux lueurs d'un jour pur et lointain;
Du Messie y brillait la céleste espérance,
Seul divin en sa mort, sans tache en sa naissance,
De son peuple futur la vie et la leçon,
Et d'un monde croulant l'ineffable rançon...

. . . .

Les temps étaient marqués, la promesse fidèle;
Ces faits sont accomplis, c'est la bonne nouvelle [1].
Puisses-tu la connaître, ô doux Émilien !
C'est le vœu de l'ami, c'est l'espoir du chrétien !...
Comme un faible roseau ballotté par l'orage,
Ou tel qu'un nénuphar courbé sur le rivage
Au souffle altier du Nord, méditant cet écrit,
Ainsi d'Émilien flotte longtemps l'esprit...

LA JEUNE MARTYRE.

Il marchait au Forum, envahi par la foule,
Un étrange spectacle à ses yeux se déroule :
Là, du peuple agité de sentiments divers
Le flux montait, montait, comme les flots amers,
Ou bien l'airain bouillant dans ses moules d'argile.
Son courroux débordait en sa pensée mobile...
Cependant on voyait, palpitants et rêveurs,

[1] Dans les premiers âges du christianisme, on appelait l'Évangile la Bonne Nouvelle.

Quelques sages ; en leurs yeux ils retenaient leurs pleurs.
De Jupiter est là l'image menaçante...
Beauté douce et timide, une fille innocente,
Vers le ciel qui l'attend levait d'humbles regards,
Tandis que des bourreaux la perçaient de leurs dards.
En vain son noble sang rougissait sa tunique...
Le Christ est le soutien de cette âme angélique ;
Du tendre hémérocalle elle avait la pâleur...
Mais des maîtres du monde attisant la fureur,
Le calme radieux de sa chaste figure
Irrite les soldats, et le peuple, et l'augure...
Offrant à Jupiter un criminel encens,
Enfant, vas-tu céder à leurs cris menaçants,
Ou braver les édits dans de nouveaux supplices ?
De l'odieux César ces âmes sont complices...
Il leur faut un spectacle et de sang et de pleurs...
Crains les impurs regards des farouches licteurs ;
Ta pudeur, ô chrétienne ! est une sensitive
Qui frémit au contact et se ferme plaintive...
Un ange de ton cœur a détourné leurs traits...
Mais vois ces fers rougis, ces feux, ces chevalets...
Ce victimaire hideux, qui d'une main flétrie
Osera te toucher !... Au trône de Marie,
Comme une pure essence, en ce grave moment,
S'élèvent, pleins d'amour, les vœux de cette enfant ;
Et la Reine des Cieux exauce sa prière,
Tant sur le divin Fils est puissante la Mère !...
Alors l'ange du calme et de la sainte mort

Descend ; et de son aile il l'effleure et l'endort,
Emporte sa jeune âme ; et la foule païenne
Entendit une voix : « C'est de pudeur chrétienne
Qu'est morte cette enfant !... » Plus d'un cœur généreux,
O sainte ! va garder ton souvenir pieux.
Jamais Émilien n'oubliera ce visage,
De l'aimable vertu douce et touchante image.

LES CATACOMBES.

Dans la via Sacrée Émilien errant,
En vain veut s'éloigner de ce tableau navrant,
Il y revient encore !... Au milieu des ténèbres,
Pour rendre à cette enfant les hommages funèbres,
D'héroïques chrétiens ont exposé leur sort...
Aux tombeaux des martyrs, ces vainqueurs de la mort,
Ils portent sa dépouille. A leurs respects sincères,
On dirait de la sainte ou le père ou les frères...
De loin Émilien, accompagnant leurs pas,
Visitait avec eux cet antre du trépas.
De ces murs vénérés une vive lumière[1],
Ainsi que du néant la création première,
A jailli tout à coup aux souffles rédempteurs
Venus du Golgotha sur les saints confesseurs.
Combien d'objets nouveaux étonnent sa pensée

[1] Qui ne sait que c'est en quelque sorte des catacombes de
Rome qu'a jailli le christianisme?

Et soulèvent le poids de son âme oppressée !...
Là, nul orgueil humain n'embellit les tombeaux ;
Quelques fresques parfois, symboliques tableaux,
Énigmes aux païens, chers à l'âme fidèle :
Le pain et les poissons, l'Agneau divin modèle...
Le sang de l'alliance, et les deux pèlerins
Dans le sein de Jésus épanchant leurs chagrins,
Aux sentiers d'Emmaüs ; la joie immense et tendre
Voyant ressuscité l'objet de leur douleur,
Et recevant en eux le divin Donateur...

. . . .

De ces longs souterrains telles sont les peintures.
Puis des mots consolants ornent les sépultures :
« Frères, attendez-nous ; au revoir, dans les cieux ! »
La mort comme un captif, en ces augustes lieux,
Courbe un front outragé (sous la croix tutélaire,
Reflet de l'espérance, en ce champ funéraire).
Annonçant la patrie au nautonier pensif,
C'est le phare éclairant la rive et le récif...

. . . .

Émilien poursuit sa course souterraine ;
Des vierges et des saints il voit l'auguste Reine
Montrant son divin Fils aux mages à genoux[1].
Marie est des chrétiens l'espoir constant et doux.
Un apôtre a tracé la vénérable image [2]

[1] Les catacombes renferment en effet cet antique tableau, que
vénéraient les premiers chrétiens.
[2] Saint Luc.

Qu'embellit leur amour du plus fidèle hommage.
Là, bien des cœurs brisés et pliés sous le faix,
Se plaisent d'une mère à contempler les traits.

SOPHRONIE.

En ces lieux rappelant l'antique Épiphanie,
Émilien aperçoit le nom de Sophronie.
Ange des amours vrais, qui ne doivent finir,
Daigne apprendre au tribun quel est ce souvenir.
O toi qui de Rachel présidas l'hyménée,
Et des cœurs innocents veille à la destinée,
De la timide vierge as-tu comblé les vœux,
Et deux astres jumeaux rayonnent-ils aux cieux?
Orpheline au berceau, la tendre Sophronie
Naquit aux bords charmants de la mer d'Ionie,
Près des flots écumeux, dans un bois enchanté
Cher à la rêverie et qu'Homère a chanté.
Ellios, descendu de la race d'Orphée
(Ainsi qu'un olivier sur les bords de l'Alphée
Se plaît à protéger un lis fragile et pur),
Entoure cette enfant de l'amour le plus sûr;
Même de leur hymen l'heure était arrêtée.
Oh! puisse s'accomplir l'union projetée!
Bien que nés dans l'erreur, sages dans leur instinct,
Ils avaient des vertus un amour indistinct,
Et l'antique habitude, aveugle souveraine,

Seule les amenait vers une idole vaine.
Ellios cependant, des lares paternels
Pour l'hymen souhaité préparait les autels;
Déjà le myrte ornait la chaste fiancée...

.   .   .   .

Mais du vieux Parthénon la gloire est effacée;
Le dernier des héros, Philopœmen, n'est plus!...
L'aigle altier des Romains voit les peuples vaincus;
Pour ses drapeaux heureux, la Grèce tributaire
Doit lui livrer ses fils : le sort, le sort contraire
Trouble ses doux projets, et désigne Ellios;
Hélas! il faut partir, toi, le fils des héros!
Adieu, douce compagne, adieu, belle patrie,
Espérance longtemps caressée et chérie,
Et vous, doux entretiens, rêves de l'avenir!...

.   .   .   .

Quel dieu va le garder? Quand va-t-il revenir?
De l'hymen suspendu qui renouera la chaîne,
Oasis du désert, que le simoun entraîne?...

.   .   .   .

Qui peut de son amie exprimer la douleur?
Sa bouche est sans parole, et son front sans couleur.

.   .   .   .

Déjà les matelots ont déployé la voile,
Et de loin l'orpheline agite encor son voile!!!...
La flottille glissait comme un essaim d'oiseaux;
Mais en vain se montraient les plus riants tableaux,
La mer aux flots d'azur, les champs de Méonie :

2.

C'est toi seule qu'il voit, ô tendre Sophronie !

. . . .

Placé par la douleur au-dessus du trépas,
Sous les maîtres du monde il apprend les combats ;
Ils admiraient les coups de sa vaillante épée.
D'un si rare mérite une âme fut frappée
(Car des grands cœurs l'estime est le premier lien).
Ellios devint l'ami du noble Sébastien,
Sébastien ! l'honneur des légions romaines !...
Souvent, à les conter on soulage ses peines :
Tel au fleuve un torrent mêle ses flots fangeux,
S'épure à son contact, et reflète les cieux.
De l'Hellénie en deuil quand venait un message,
Dans son esprit troublé quand passait un nuage,
Ellios confiait ses maux à l'amitié,
Baume venu des cieux, et la sainte pitié
Savait trouver des mots de suave espérance,
Et du pauvre exilé suspendait la souffrance !...
Par Sébastien instruit dans le culte nouveau,
Au cœur du jeune Grec s'alluma le flambeau
Protecteur des vertus ; mais, hélas ! Sophronie
Garde encor les erreurs de la molle Ionie.
Des nymphes et des dieux les exemples légers
Entourent son printemps de multiples dangers.
Bien loin de ton ami, quand tu n'es pas chrétienne,
Qui gardera tes pas, pauvre et jeune païenne ?
Ce front pur et semblable au marbre de Paros,
Rougirait-il de honte au retour d'Ellios ?

Dans l'esprit du guerrier les plus sombres pensées,
Lave aux flots bouillonnants, montent souvent pressées.

. . . .

Souvent dans les combats Ellios dut périr,
Mais quel pressentiment lui trace l'avenir?
Reverra-t-il jamais sa compagne chérie,
Le foyer paternel et la douce patrie?
Il est chrétien; l'envie, épiant ses secrets,
De son prince irrité peut servir les décrets,
En servant du démon les projets homicides :
La pourpre et les faux dieux enfantent des séides.

. . . .

Convaincu dès longtemps de ces nombreux dangers,
Aux cryptes vénérées descendit l'étranger,
Et là, tout plein de foi, aux clartés lucénaires,
Il gravait en pleurant ses ardentes prières
Sur les tombeaux des saints (ces modestes héros!),
Et les autels sacrés portaient souvent ces mots :
« Oh! priez, chers élus, priez, Vierge bénie!
» Et que dans le Seigneur vive ma Sophronie! »
Puis aux décrets d'en haut résigné désormais,
Sur le faible et le pauvre il répand ses bienfaits..

. . . .

Volontaire témoin de la foi qui l'inspire,
Ellios offrit plus tard les tourments du martyre;
Comme un agneau mourant, il vint avec effort
En ce sombre palais des généreuses morts!...
Il priait, et des cieux, émus à sa prière,

Descendaient des accents inconnus à la terre...
O suprême bonté! pénétrant ton dessein,
Une immense espérance a glissé dans son sein.
Sa main fixa ces mots sur la pierre jaunie :
« Oui, tu vivras en Dieu, ma douce Sophronie! »
Et, vouant sa belle âme au céleste pasteur,
Le glorieux soldat s'endormit au Seigneur!...

. . . .

On dit qu'en ce moment sa douce fiancée,
Aux bords du Tamisus gémissante et glacée,
A l'ombre d'un platane abritant son ennui,
Comptait les jours si longs écoulés loin de lui,
Et voyait l'avenir sans couleur et sans charmes...
Quand, douce vision en ce moment d'alarmes,
Apparut tout à coup, au lumineux chemin,
La Reine des martyrs, portant l'Enfant divin!...
Le torrent s'apaisa, des senteurs ineffables
S'élevèrent des fleurs, des sons inénarrables
Enchantèrent l'espace, et les monts, et les bois;
Souveraine des cieux, tout reconnut ta voix!
Dans les champs éthérés les nuages disparurent,
Et les nouveaux élus tout à coup apparurent...
Ellios, qu'ennoblit la pourpre de son sang,
Sourit à Sophronie et brille au premier rang.
De peur que l'orpheline à ses maux ne succombe,
Il vient lui révéler les secrets de la tombe,
Et le réveil du juste et le bonheur des cieux.
O néant de la vie! il te montre à ses yeux,

Fait luire à ses regards la sublime auréole,
La bénit, l'encourage, et, pur esprit, s'envole...
Elle l'appelle encore!... Alors avec douceur
La divine Marie apaise sa douleur,
Ajoute au don des pleurs celui de la prière,
Et la confie aux soins de l'esprit tutélaire;
Puis la sainte vision à ses yeux disparaît...
Et le seul bruit du vent agite la forêt...

. . . .

Sébastien bientôt à l'amante fidèle,
Hélas! dut affirmer la funèbre nouvelle.
D'Ellios expirant il lui transmit les vœux...
Bientôt l'eau du baptême eut dessillé ses yeux;
Oh! de son cœur ardent qui dirait la richesse,
Et de sa charité l'ingénieuse tendresse?...
Partout elle apparaît, du Christ doux messager,
Apportant l'espérance, écartant un danger;
Émanant de son front, une douce lumière
Montre une enfant du Christ aux chrétiens de la terre;
Sur l'ami qui n'est plus versant souvent des pleurs,
Qui mieux sut compatir aux humaines douleurs?
Oh! bien longtemps le pauvre, aimable Sophronie,
T'appela dans son cœur l'ange de Méonie!...
De ces nobles enfants tel est le souvenir.

EUSÈBE A ÉMILIEN

ou

LA FOI RÉVÉLÉE.

Des chrétiens assemblés la veille va finir,
Et déjà le tribun croit sentir en son âme,
A l'aspect des autels, une invisible flamme,
Et pour le Dieu d'Eusèbe un sentiment si doux,
Qu'à son tour il est près de fléchir les genoux.
Dans ce culte sacré pour lui tout est mystère,
Tout ce qu'il entrevoit est généreux, austère,
Mais pour guider son cœur il lui faut un ami...
En quittant le saint lieu le jeune homme a gémi;
Il porte à son insu dans la Rome païenne
Tous les germes féconds de la Rome chrétienne!...
Jeune et fervent lévite, Eusèbe, c'est à toi
D'initier cette âme à la divine loi...
Toi, rempli du Seigneur, dont la grâce l'attire,
Avec amour aussi ta plume va l'instruire.
A ton esprit si droit, ô cher Émilien,
Le ciel veut m'attacher par un nouveau lien.
O doux pressentiment! mon Dieu sera ton père,
Et béni par le Christ, oui, tu seras mon frère!...
Sans souci des grandeurs ou des jours à venir,
Dès la jeunesse ornés de graves souvenirs,
Pour marcher dans le mal avec plus d'allégeance,
Nous n'avons pas banni la première croyance,

Répudié Socrate et le divin Platon,
Cicéron leur émule, ni l'austère Caton ;
Oui, comme eux nous croyons nos âmes immortelles,
Ces âmes désormais ont retrouvé leurs ailes
Pour voler jusqu'à Dieu, l'espérance et la foi,
Et ces deux saints amours qui sont toute la loi [1]...
De l'univers naissant, ami, lis cette histoire
Que te remet Marcus : premier titre de gloire,
Adam, œuvre de Dieu ! Vois sa fragilité,
Et le Sauveur déjà s'offrant dans sa bonté
Pour sauver à jamais sa race criminelle...
Ineffable bienfait ! justice paternelle !...
Tel fut, Émilien, le premier Testament
Conservé par les Juifs en leur isolement,
Dont, malgré ses erreurs, pour que rien ne l'efface,
Le paganisme encore a conservé la trace,
Par un ordre secret et provident des cieux...
Deucalion, Pandore, en font preuve à nos yeux [2] !

. . . .

Même dans le désert, cette sainte promesse
Aux fils légers d'Adam, qui l'oubliaient sans cesse,
Des envoyés du Ciel venaient la rappeler ;
Oracles qu'aujourd'hui ton œil peut épeler
Dans les livres sacrés de la nation parjure :
Sous les traits d'Isaac apparaît la figure
Du Christ, Agneau de Dieu, Verbe, fils du Seigneur,

[1] L'amour de Dieu et du prochain.
[2] Et Prométhée aussi.

Tantôt vêtu de gloire et tantôt de douleur...
Roi des siècles futurs, né de la Vierge sainte,
Qui du péché d'Adam n'eut jamais nulle atteinte,
Descendant de David, lis brillant d'Israël,
Qu'annonçaient Jérémie, Isaïe, Ézéchiel,
Et Moïse avant eux, et bien d'autres encore!
Doux salut du couchant, attendu par l'aurore,
Attendu des humains et longtemps pressenti!...
A la mort du Sauveur son peuple a consenti!
Adorateur grossier des faux biens de la terre,
Aveugle dont la main porte au loin la lumière,
Instrument et témoin parmi nous exilé,
Pour qui le texte saint est un livre scellé;
Lui-même a de son cœur arraché l'espérance,
Et du Dieu très-clément lassé la patience...
Hélas! son déicide avait été prédit!...

. . . .

La naissance du Juste a précédé l'édit
Du sanguinaire Hérode, et Juda [1] s'illumine
Des premières lueurs de l'étoile divine...
Humble et vraiment caché, Jésus reçoit le jour;
Les anges radieux, par un concert d'amour,
L'annoncent aux bergers durant la nuit obscure;
Des célestes esprits la voix brillante et pure
Leur dit: Paix aux mortels, gloire au plus haut des cieux!
De la grâce suprême effet prodigieux,
On dit qu'en ce moment d'ineffable mystère,

[1] La tribu de Juda, dont est né le Christ.

Une ivresse profonde a pénétré la terre,
Que le tiède printemps vint adoucir les airs,
Que des accords sortaient du grand clavier des mers,
Dont nul accent humain ne peindrait l'harmonie!
Le désert ressentit l'influence bénie,
Et le tigre un instant fut doux et généreux.
Dieu du simple et du pauvre, Jésus naît à leurs yeux
Faible et petit enfant, accueillant leurs hommages
Même avant qu'à ses pieds se prosternent les mages.
Plus tard il les choisit pour ses ambassadeurs,
Et de sa sainte loi les fit promulgateurs...
Des envoyés du Christ, ami, sais-tu les armes ?
La Croix et l'Évangile... Ils essuyaient les larmes,
Ils apportaient l'espoir, la paix et le pardon,
Et de l'Esprit divin ils conféraient le don.
Ainsi le Fils unique a rénové le monde
Par des exemples saints et par sa loi féconde.
Des devoirs il posa le principe certain,
Et précisa le but à l'horizon lointain.
De longanimité, d'adorable clémence,
C'est le type éternel vers qui mon cœur s'élance !
Mais l'ange de la nuit magnétise les airs
Et des oiseaux légers suspend les doux concerts.
Déjà l'humble troupeau m'appelle à la prière.
Que sur toi le Seigneur daigne veiller, mon frère !

EUSÈBE A ÉMILIEN

OU LA GRACE.

(SUITE.)

Des plus doux feux du jour l'Aventin se couronne.
Salut ! et que du Christ la vertu t'environne !
Toi qui pour ton pays combattis l'étranger,
Pour ton Dieu, cher tribun, fuirais-tu le danger ?
Les âmes des aïeux pleuraient sur la patrie,
Par des maîtres impurs opprimée et flétrie ;
Toi-même, avec dégoût, vis ce peuple romain
Demandant à César et des jeux et du pain,
Et la honte voilant les pages d'une histoire
Dans la fange traînée, et veuve de sa gloire ;
Le Sénat avili comme ses empereurs,
Et la terre abreuvée et de sang et de pleurs ;
Le crime débordant ainsi qu'un fleuve immense,
L'innocent sans recours, l'esclave sans défense,
Le fort s'autorisant de l'exemple des dieux !...
Émilien, il fallait qu'une grâce des cieux
Fît surgir l'univers de cet abîme immonde...
Dans cet odieux chaos, tout à coup surabonde
De vertus et de force un souffle créateur
(L'esprit de sacrifice et l'amour du Seigneur)...
C'est alors qu'aux regards parut la foi chrétienne :
Sa tendre charité répondait à la haine.
Comme l'astre du jour se répand en bienfaits,

Celui qui la comprend se renonce à jamais,
Et des mauvais penchants elle fait la ruine...
Mais qui te soutiendrait, si tu n'étais divine ?
Religion, présent du Sauveur inconnu
Qu'en frémissant d'amour mon être a reconnu,
Tes enfants sont toujours sous l'atteinte du glaive,
Et cependant, ainsi qu'un beau cèdre s'élève,
Abri des voyageurs, étendant ses rameaux,
Tu grandis sans mesure et consoles nos maux...
A ses douze assemblés et confiés à Pierre,
Le Fils de Dieu disait : « Annoncez à la terre
» Le Seigneur mort pour tous, l'Évangile de paix ;
» Invisible, avec vous je demeure à jamais !
» Allez, mais n'emportez pour la lointaine course
» Vêtement ni bâton, nul or dans votre bourse.
» Ils vous accableront de maux et de revers,
» Et vous témoignerez de moi dans l'univers...
» Agneaux parmi les loups, à toute créature,
» Du Pasteur éternel présentez la figure ;
» Ne cherchez point la gloire en expliquant ma loi...
» Qui vous reçoit m'accueille, et j'entendrai sa voix. »
Puis il disait encore, en sa bonté divine :
« Humble et faible troupeau que ma grâce illumine,
» Pardonnez-vous l'un l'autre, aimez-vous dans ma foi,
» Et le monde saura que vous êtes à moi...
» Quand je serai gisant sur la croix, vers mon Père
» Alors j'attirerai ses enfants de la terre...
» Commandez en mon nom aux éléments surpris,

» A la mort, aux douleurs... » Glorifiant son Fils,
La voix de Jéhovah confirma ses oracles,
Et le disciple même accomplit des miracles...
Le vieux monde s'ébranle et voit pâlir ses dieux,
La vertu se ranime et regarde les cieux...
L'Esprit-Saint, tout à coup, brille en langues de flamme :
Il affermit le faible, il ennoblit les âmes ;
D'esclave, il n'en est plus, et des cieux citoyen
Est l'humble et le proscrit, sitôt qu'il est chrétien...

. . . .

Mais sur nos fronts brûlants bientôt gronde l'orage !
On m'appelle au saint lieu, je finis ce message...
Hélas ! en t'écrivant j'ai peur de t'exposer.
Dans l'espoir et la paix puisses-tu reposer !...

LA CHARITÉ CHRÉTIENNE.

Émilien souvent a revu le lévite,
Et du Fils de Marie il est le néophyte.
La grâce bien souvent sollicite ce cœur
Épris de la vertu, plein d'aimable candeur...

. . . .

Mais la contagion, aux campagnes de Rome,
Noir réseau, s'étendait, et l'homme fuyait l'homme...
Traîtres en leurs desseins, les prêtres des faux dieux
Aux fidèles prêtaient un pouvoir odieux,
Des maux de la patrie accusant l'innocence...

Cependant, dans l'ardeur d'un dévouement immense,
Les chrétiens affrontaient les fléaux meurtriers,
Et du Maître divin ils suivaient les sentiers...
Le tribun imitait ce sacrifice utile...
A son tour, languissant, au tombeau de Virgile
Pour trouver le silence il dirigea ses pas ;
Songeant au grand poëte, il redisait tout bas
Ces vers harmonieux du cygne d'Ausonie,
Purs accords tout remplis de grâce et de génie ;
Du laurier qu'il planta cherchant l'abri si doux [1],
Des enfants de la lyre antique rendez-vous,
Où le Tasse opprimé viendra calmer son âme,
Où l'aveugle Milton ranimera sa flamme...
Mais il voit tout à coup des hôtes inconnus,
Une femme, un esclave avant lui parvenus...
Cet esclave est blessé ; vénérable est son âge.
Mais l'autre... Émilien reconnaît son visage :
Épouse d'un César, fille d'un empereur,
Qui peut ainsi la rendre humble dans la grandeur ?
Du vieillard avec soin, mais d'une main tremblante,
Elle daignait panser la blessure béante...
Belle et simple à la fois, dans son chaste maintien
La majesté de l'âme et du culte chrétien
Brillaient à son insu... Dans ce lieu solitaire,
Pour le Dieu qui l'inspire elle oubliait la terre...
Et de sa douce main elle essuyait les pleurs,

[1] Le tombeau de Virgile a été placé sous un laurier planté,
dit-on, par lui-même.

Affranchissait l'esclave, apaisait les douleurs !...
Émilien, en secret, la contemple et l'admire,
De Virgile il oublie et la tombe et la lyre.
Tant de grandeur l'étonne... Une aveugle à son tour
Implore sa pitié... Le cœur rempli d'amour
Pour tous les affligés que le Seigneur lui donne,
En l'appelant sa sœur elle lui fait l'aumône...
Lui sourit, l'encourage... Ainsi la charité
Est le sacré lien, la seule égalité...
Le Sauveur l'apporta pour consoler la terre,
Donnant de sa bonté l'exemple salutaire ;
Et son amitié sainte, au banquet solennel,
Prêtait à son disciple un appui fraternel.

LA GRACE.

LETTRE D'EUSÈBE A SON AMI.

Par ton vieux serviteur j'ai reçu ton message ;
De confiance, ami, j'y trouve un nouveau gage.
Quoi ! ton esprit hésite et veut être affermi ?
Émilien, le vrai Dieu ne veut rien à demi.
Ah ! crains, par tes langueurs, de détourner la grâce !
Messagère de paix, astre errant qui s'efface,
C'est le tendre regard qu'un père jette à son fils
Prêt à l'abandonner ;... l'ingrat, qui de mépris
Ose payer sans fin cette bonté propice,

Au jour de l'abandon connaîtra sa justice...
Elle sourit d'avance aux plus généreux cœurs,
Et met surtout sa gloire au retour des pécheurs ;
C'est elle qui, soudain prévenant Madeleine,
Lui fit des vains plaisirs briser l'impure chaîne ;
Qui de Pierre abattu sous un indigne effroi,
Éveilla le remords et raffermit la foi.
Enfin c'est le Sauveur s'approchant de notre âme
Y versant du devoir une subite flamme ;
Les plus saintes vertus, à sa divine voix,
Se peuvent pratiquer en regardant la croix !...
Quand d'un Dieu s'immolant tu sondes le mystère,
Dans le monde, pour toi, n'en est-il plus, mon frère ?
Cent fois, comme le sphinx, la nature à nos yeux
Présente son énigme aux mortels curieux :
Qui donc peut expliquer comment naît la pensée,
Et par quels nœuds secrets notre âme est fiancée
A ce fragile corps ? Quoi de plus étonnant
Que ces mondes soumis en leur ordre constant ?
Quand la nuit redescend, sous ses splendides voiles
Quel regard peut nombrer les myriades d'étoiles ?
Quand le reflux pour nous pousse ses flots amers,
Quel astre si puissant influence les mers ?
Qui nous racontera les secrets des nuages,
Comme leurs flancs brumeux enfantent les orages ?
L'inconnu nous entoure, et la divine Loi
Par sa morale, au moins, se révèle à ta foi ;
Elle a l'autorité des plus lointains oracles :

Le sang de ses martyrs et le don des miracles,
Attesté devant nous par des témoins nombreux.
Chez les peuples vaincus, chez nos vaillants aïeux,
Partout, dans l'univers, toute théogonie
Nous fait voir une faute, et qui partout s'expie...
Et pour rendre les cieux bienveillants aux mortels,
D'hécatombes sans fin on couvrait les autels...
Sacrifices fictifs!... pour effacer le crime
Du banni de l'Éden, il n'est qu'une victime
Innocente et sublime, amour du Créateur,
Jésus, son Fils unique, égalant sa splendeur...
Seul digne d'apaiser une justice immense...
Pain vivant, sang divin, et gage de clémence...
L'univers qu'il créa ne l'a point accueilli,
Le chrétien le reçoit, tremblant et recueilli,
Bienheureux, dont le cœur participe au mystère,
Lien sublime unissant le ciel avec la terre,
Invention d'un Dieu, trésor d'amour divin
Qui, se donnant à nous, fixe en lui notre fin,
Et qui d'un corps sacré devenu nourriture,
Divinise et guérit sa faible créature...
De ce prodige, ami, veux-tu voir les effets?
Les chrétiens sont d'hier, et déjà leurs progrès,
Malgré la haine aveugle, influencent le monde;
L'Évangile de paix s'étend et se féconde;
Rien n'arrête les pas de nos saints confesseurs,
L'opprobre, ni l'exil, ni le fer des licteurs!...

LA SAINTE EUCHARISTIE

OU TULLIUS.

Tout chrétien voit le Christ en la divine hostie,
Le bénit et l'adore, offre avec modestie
Les parfums de son âme et sa tendre ferveur,
Et lui consacre enfin et sa vie et son cœur...
Quand Cyrille à son tour succédait à saint Pierre,
Un vieillard, Fabianus, achevait sa carrière.
Près des murs de la ville il vivait retiré ;
Pour ses hautes vertus il était vénéré ;
Aux pauvres de ses biens il avait fait largesse ;
Sur son front incliné se lisait la sagesse ;
Des œuvres du Seigneur ses jours étaient remplis.
De sa fille chérie il lui restait un fils,
Fragile rejeton, au souriant visage ;
D'Éliacin ce fils avait le doux langage
Et la grâce touchante ; même aussi les païens
Aimaient l'adolescent, cher espoir des chrétiens !
Des plus beaux sentiments son âme était remplie.
Cyrille connaissait son innocente vie,
Déjà saint acolyte, il servait aux autels.
Fabianus, qui sentait finir ses jours mortels,
Une dernière fois du pain sacré des anges
Souhaitait se nourrir... Ses vertus sans mélanges
A ce banquet divin lui donnaient tous les droits ;
Pour porter le Seigneur, Cyrille avait fait choix

3.

Du pieux Tullius... Cher aïeul qu'il révère,
Il braverait pour vous, pour la foi de sa mère,
Les dieux et le tyran dont les édits cruels
Ont frappé des chrétiens les actes immortels...
Plein d'un profond respect, il reçoit le message;
La candeur et la foi brillent sur son visage.
Cependant, tout craintif pour son divin trésor,
Il le place en son sein; le tissu mêlé d'or
(Que pour ce saint usage avait brodé sa mère)
Couvre l'étroit calice et voile le mystère!...

. . . .

Il va d'un pas hâtif; de mille bruits divers
En ce moment néfaste le peuple frappait l'air :
De Castor et Pollux on célébrait la fête...
Tullius veut la fuir; mais Pollion l'arrête :
« Est-ce toi? Qui te trouble? et pourquoi te presser?
Devant les immortels crains-tu de t'abaisser?
Du moins, reste avec moi, comme aux jours des écoles
Nous pourrons échanger de joyeuses paroles.
Transfuge de nos dieux, des plaisirs ennemi,
Pourrais-tu bien, de plus, affliger un ami?
— Fabianus est mourant! ami, je cours lui rendre
Les tendres soins d'un fils; ton âme peut comprendre! »
Et du bras qui l'étreint il veut se dégager.
Tout à coup, dans le peuple, ô terreur! ô danger!
Une voix a crié : « C'est un chrétien! un traître!
Et son mépris des dieux le fait assez connaître... »
Pollion, effrayé de ce cri menaçant,

Regrettait, mais trop tard, son appel imprudent :
« Oh! sacrifie aux dieux, mon cœur n'est point coupable,
Tu sais de quels excès cette foule est capable! »
Mais Tullius, portant le Seigneur sur son sein,
Tout bas à Pollion disait : « Je suis chrétien! »
Le bruit croissait toujours, la foule furieuse
Veut tarir de ses jours la séve généreuse;
La main sur la poitrine, il regardait les cieux!...

. . . .

Le Tibre, près de là, menait ses flots fangeux.
La fuite est impossible, et la lutte inutile;
Sur terre la pitié n'a point encor d'asile,
Et les méchants des dieux servent les noirs complots;
Bientôt le noble enfant expira dans les flots,
Comme un cygne blessé, battu par la tempête!
Mais l'onde avec respect semblait toucher sa tête,
Baiser ses blonds cheveux, le porter à demi...
Dans les bras du trépas il semblait endormi,
Et du jour éternel douce et première aurore,
Un nimbe lumineux l'embellissait encore...
J'ai vu le saint éclat de son doux front penché;
Au calice de paix les flots n'ont point touché!...
Rien ne t'a profané, redoutable mystère,
Ineffable rançon des enfants de la terre!...

. . . .

Telle est la foi chrétienne, et tels sont ses périls.
Toi, valeureux soldat, aux sentiments virils,
Vois le sang des chrétiens, et l'Église qui pleure :

De voler dans ses bras, digne enfant, voici l'heure!...
Aujourd'hui de nos saints nous chantons les vertus,
Et demain nous prierons pour ceux qui ne sont plus;
Car le saint sacrifice est propitiatoire,
Aux absents bien-aimés il procure la gloire;
Vrai culte des aïeux, et dogme consolant,
En Dieu sont réunis et le père et l'enfant,
Et l'époux et l'épouse, au delà de leurs tombes...
Frère, je t'attendrai demain aux catacombes,
A de bien chers amis nous donnerons des pleurs
Et le sang trois fois saint éteindra leurs douleurs.
Ton filial amour peut espérer encore,
Car Jésus prend pitié du juste qui l'ignore,
Et qui, doux, pacifique, a deviné sa loi.
Adieu ; que dans sa grâce il assure ta foi.

LA JOIE DU CHRÉTIEN.

L'aube du jour nouveau a blanchi la montagne,
Et les oiseaux légers chantent dans la campagne...
Nul objet à présent n'arrête Émilien :
Son esprit se soumet, il croit, il est chrétien !
Dans la crypte sacrée où l'amitié l'entraîne,
Confessant les erreurs de la faiblesse humaine,
Devant le Dieu de l'humble il s'est humilié :
Mandataire du ciel, un prêtre a délié
Les nœuds qui de Satan le retenaient esclave.

Un évêque était là... tout brisé par l'entrave [1]
Et le glaive et le feu, consacrant sur son cœur
Le pain du sacrifice et le sang du Sauveur :
Autel privilégié que le ciel vient d'élire,
Il bénit son troupeau, puis en paix il expire!
Émilien, désormais plein de ce souvenir,
Entre dans le vaisseau qui ne doit pas périr;
Il assiste, il prend part au saint banquet des anges,
Et de sa bouche ainsi s'échappent les louanges :
« Oh! je frémis d'amour! ta suprême grandeur
Daigne venir à moi : qui suis-je donc, Seigneur?
S'il pouvait t'oublier, que ton enfant expire!
Ta main n'a qu'à s'ouvrir, et tout ce qui respire
Est comblé de tes dons; sans t'épuiser jamais,
Avec la vie et l'air tu répands tes bienfaits.
De tes soleils sans fin la constante harmonie
Témoigne dans les cieux ta puissance infinie;
Mais ta miséricorde éclate dans ta loi,
Et ton plus doux présent, mon Dieu, mon Dieu, c'est toi!»

LE DÉVOUEMENT.

Le soleil a six fois, nous mesurant les heures,
Au zodiaque des cieux visité ses demeures,
Depuis que le tribun au Seigneur converti
Fuit le spectacle hideux d'un monde perverti,

[1] Instrument de torture employé contre les chrétiens.

Où la cruauté règne unie à la licence,
Où le fort se complaît aux pleurs de l'innocence !

.   .   .   .

Surgissant tout à coup, sur un cratère ardent
Le fauteur de tout mal plane, orgueilleux géant ;
Il appelle ; à sa voix, son noir sénat s'assemble :
Les airs sont infectés, la nuit vient, le sol tremble ;
Aux esprits infernaux, avides de forfaits,
Satan vient exposer ses funestes projets :
Il veut perdre au berceau cette Église fidèle,
Et leur affreux concours aidera le rebelle...
Astarté lui sourit du sein de ses langueurs...
Tel un impur serpent se cache sous les fleurs ;
La mort vole en ses bras. Consolée et docile,
Sur son trépied maudit tressaille la sibylle...
Ces chrétiens menacés, mon Dieu, sont vos enfants !
Permettrez-vous toujours les succès des méchants ?...
Paix, ô faible raison : l'antique fleuve [1] inonde
Les plaines du Delta, qu'il laboure et féconde.
Dieu, qui change le mal en bien pour ses élus,
Souffre les attentats de ces esprits déchus :
Ainsi l'on voit aux cieux se former les tempêtes
Qui des plus beaux épis courbent les blondes têtes ;
Mais ils s'éveilleront dans le jour immortel,
Heureux, resplendissants, pour l'hymen éternel ;
Et les chrétiens bénis que regardent les anges
Goûteront du Très-Haut l'amour et les louanges.

[1] Le Nil.

Dans leur foi l'univers sera transfiguré!...
Des serviteurs de Dieu ennemi déclaré,
Servius, sectateur des esprits de l'Érèbe,
Au préfet de César vient déclarer Eusèbe...
Du Seigneur des seigneurs apôtre vigilant,
De la Ville éternelle Eusèbe était absent...
Dans ces lieux souterrains où Rome a sa fortune,
Le prêtre de Jésus consolait l'infortune,
Prodiguait tour à tour aux malheureux mineurs
La parole de vie, et son or, et ses pleurs...

. . . .

Déjà pour le combat dont il est le théâtre,
Les soldats accourus paraient l'amphithéâtre...
Émilien apprend le péril d'un ami :
D'un généreux effroi tout son être a frémi...
Il connaît les édits, il sait que pour les fêtes
On doit livrer, hélas! les chrétiens aux bêtes,
Et pour le prévenir en ce pressant danger
Il fait soudain partir un prudent messager ;
Puis il court chez Eusèbe, il s'installe à sa place,
Et, calme et résigné, dans sa fidèle audace,
Il attend Servius, et bientôt des soldats
Sur les degrés mouvants ont retenti les pas :
Là, sans l'interroger, on l'entoure, on l'entraîne ;
Disciple du Sauveur, il porte aussi sa chaîne !

L'ARÈNE OU LE TRIOMPHE.

Ce jour voilé de deuil est enfin arrivé!
Comme un disque sanglant le soleil s'est levé;
Au sein des airs s'élève un sinistre murmure,
Une secrète horreur envahit la nature!
Les spectateurs nombreux des jeux et du forum
Sont assemblés déjà sous le velarium...
Les prêtres des démons sont là, remplis de haine;
Les fidèles déjà sont groupés dans l'arène!...
Avec eux sont Eudore, Eusèbe, Émilien...
L'amitié tous les deux, par un triple lien,
Sut vous unir à lui; sa douce fiancée,
Présageant ses dangers, vers lui s'est élancée,
Ainsi qu'une gazelle accourant des déserts :
Vierge de Messénie, aux lauriers toujours verts,
Fille d'Épicharis, aux muses destinée,
Voilà donc les apprêts de ton chaste hyménée!

. . . .

L'affreux Galérius a donné le signal,
Et la froide vestale [1], en son geste fatal,
A demandé la mort de ces saintes victimes
Dont l'austère vertu faisait pâlir les crimes.
Sur ces jeux inhumains leurs regards sont baissés;
De carnage pourtant les tigres sont lassés...

[1] Les vestales donnaient le signal de la mort des condamnés en levant le pouce vers les infortunés.

Un lion indompté bientôt prendra leur place...

. . . .

A pas précipités s'avance dans l'espace
Un prêtre du Très-Haut, et devant l'empereur
Il paraît; son front pur est exempt de terreur.
Pour sauver son ami, sa voix touchante esquisse
D'Émilien pour lui l'insigne sacrifice,
Puis implore sa grâce, et sa noble amitié
De la foule, ô miracle! éveille la pitié...
Mais de Galérius le cœur reste inflexible;
Le tribun comparaît sous ce regard terrible :
Qui veut donc m'abuser? Eusèbe, Émilien,
Malheureux, qu'êtes-vous?—César, je suis chrétien!
Oui, nous sommes chrétiens, ordonnez le supplice!...
—Est-ce ainsi que tous deux vous bravez ma justice,
Perfides?... Mourez donc, et qu'un sang odieux
Apaise ma vengeance et le courroux des dieux!...
Il dit; son œil est fauve et sa face est livide,
D'un spectacle odieux le cruel est avide!...
Dans les bras l'un de l'autre alors se sont pressés
Ces deux enfants du Christ : ainsi sont enlacés
Deux palmiers du désert, ou l'Amour et la Gloire,
Ou deux triomphateurs sur leur char de victoire.
Un belluaire enfin accourt en pâlissant
Délivrer le lion superbe et rugissant;
Sur les deux confesseurs d'un seul bond il s'élance,
Et le sang a rougi la robe d'innocence;
Leur âme sans effort a volé vers les cieux...

Et la foule attendrie a détourné les yeux.
Pour l'Église en mourant ils invoquent Marie,
Vierge et Mère sublime. Pour la triste patrie,
Vers eux du Fils divin vous inclinez le cœur,
O vous ! vous, des chrétiens aimable intercesseur !..

. . . .

Enfin va triompher cette Église si chère,
Fruit du sang rédempteur et des pleurs d'une mère.
Dieu pour la protéger a marqué Constantin,
Lui-même du héros guidera le destin...
On sent à ses vertus l'influence divine,
Des plus hautes pensées son regard s'illumine.
Souvent sur les chrétiens son grand cœur a gémi.
Hélas ! il ne sait pas le combat d'un ami.
Quand Eudore expirant sur l'arène mouvante
Soutient Cymodocée à ses côtés mourante...
Colombe de l'Éden sur qui la grâce a lui !...
Du futur empereur, ciel ! quels regrets sur lui !
Alors, source féconde, une pitié profonde
S'emparera bientôt de son âme et du monde.
Pour tous ces saints martyrs, si grands dans leurs vertus,
(Hécatombes sacrées), immolés, non vaincus.

. . . .

Pour accomplir de Dieu le décret redoutable,
Saint Michel est debout, juste effroi du coupable.
Le glaive est dans ses mains, et les esprits maudits
Vont tomber sous les coups des archanges bénis.
Satan même en son cœur sent monter l'épouvante.

Le ciel sourit d'espoir, la terre est dans l'attente...
Un cri sort, plein d'horreur, de l'abîme sans fond :
Autels, renversez-vous, les dieux, les dieux s'en vont!
Jupiter ébranlé laisse échapper sa foudre,
L'augure avec effroi voit rouler dans la poudre
Un aigle palpitant sous d'invisibles traits.
De la main qui traça : *Mane, Thecel, Pharès,*
Et qui du Roi des rois révèle la colère
A tous ces dieux mortels oppresseurs de la terre,
Et sur le front pâli du cruel empereur,
Tout à coup s'est empreint un stigmate vengeur...

.   .   .   .

Déjà les saints élus ont banni leurs alarmes,
De leurs yeux immortels coulent de douces larmes.
Blessé, l'esprit du mal jette un cri furieux.
Comme l'aube, apparaît au plus lointain des cieux
Le divin Labarum, mais voilé dans sa gloire,
Bientôt il brillera, gage de la victoire...
La terre au saint cantique unira ses concerts,
Et l'ange de la paix saluera l'univers...
Comme au jour du printemps quand germe la semence,
Le sol, baigné de sang, tressaille d'espérance...
Eusèbe, Émilien, modèles d'amitié,
De l'Ausonie en pleurs le ciel a pris pitié;
Où trônait le méchant dans sa fureur altière,
Doit briller désormais le trône de saint Pierre,
Vicaire du Seigneur... La catholicité
Reposera sublime en sa sainte unité;

Tous vos vœux sont bénis en votre foi fidèle,
Doux frères, reposez dans la gloire immortelle...

ÉPILOGUE.

Bien des siècles l'Église étendit ses rameaux
Comme un fleuve fécond; le fauteur de tous maux,
Exhalant les transports d'une impuissante rage,
Dans l'abîme longtemps maudit son esclavage...
O secrets éternels!... Il plane encor, c'est lui!
Et des jours annoncés l'éclair funeste a lui!
Satan par ses fureurs se révèle à la terre;
Il veut faire sombrer la barque de saint Pierre :
Volez, rassemblez-vous, ô généreux croisés!
Les efforts de sa haine bientôt seront brisés!
Pour le tombeau du Christ ont combattu vos pères;
Des cieux ils béniront vos vaillantes bannières,
Sous leurs plis, abritant le vaisseau de la foi
Contre les ennemis de l'éternelle loi...
Bienheureuse est l'épée à son devoir fidèle!
Mais toi qui des chrétiens es l'amour, le modèle,
Que fais-tu, saint pontife, en ces jours de douleurs?
Tu bénis en priant, et tu verses des pleurs.
Doux vicaire du Christ à la triple auréole,
Méditant plein de foi l'infaillible parole,
Sur ta chaire bénie où tu restes en paix,
Les portes de l'enfer ne prévaudront jamais!

Là, ta bonté de père, en sa noble indigence,
Sait encor du malheur alléger la souffrance;
Puis, ton regard profond, lisant dans l'avenir,
Voit ce jour du Très-Haut qui ne doit pas finir.
Et vous, qui protégez une si belle vie,
Soldats, qu'à mon pays la vieille Europe envie,
Redresseurs des méfaits, au devoir consacrés,
Soutenez bien l'honneur de vos aigles sacrés!
Défenseurs de la Croix, ô sublime attitude!
Le monde vous regarde avec sollicitude!
Couronnez son espoir : unissez désormais
Le nom d'enfants du Christ au doux nom de Français!

FIN.

TABLE.

www.ingramcontent.com/pod-product-compliance
Ingram Content Group UK Ltd.
Pitfield, Milton Keynes, MK11 3LW, UK
UKHW021128140726
13695UKWH00004B/1775